flávia péret

publicou também *Imprensa Gay no Brasil*, *10 Poemas de Amor e de Susto*, *A Outra Noite*, *Uma Mulher* e *Os Patos*. Vive e trabalha em Belo Horizonte.

MULHER-BOMBA

flávia péret

editora Urutau
primeira edição
2019

O —

editora Urutau

rua adolpho arruda, 41
jardim das laranjeiras 12910 455
bragança paulista-sp
brasil

[+55] 11 948 592 426

contato@editoraurutau.com.br
www.editoraurutau.com.br

[editores]
tiago fabris rendelli & wladimir vaz
[revisão]
ana elisa de arruda penteado
[diagramação]
pedro spigolon
[capa]
wladimir vaz
[imagem de capa]
hilma af klint

Dados Internacionais de Catalogação
na Publicação (cip) — Vagner Rodolfo CRB-8/9410

P437m **péret, flávia.**
mulher-bomba / flávia péret. — bragança paulista, sp:
editora urutau, 2019. 70 p. ; 14cm x 19,5cm.

ISBN • 978-85-7105-137-9

1. Literatura brasileira. 2. Poesia. I. Título

cdd 869.1
2019-1108 cdu 821.134.3(81)-1

Sumário

a Fred,
amor que atravessa tudo

À Akademie Scholss Solitude (Alemanha), pela bolsa Jean-Jaques Rousseau.

Escrever é um exercício extremo: violento, tedioso, rarefeito.

Mulher-bomba

O que é que resta mais para dizer?

— Ingmar Bergman

Terra prometida

Quando
você
encosta
a ponta do seu nariz frio e molhado
feito o focinho de um cão
na ponta
do meu
nariz frio e molhado feito o focinho de um cão

Sei
que muito além do poema
onde tudo
quer dizer
quase tudo
é truque ou trapaça

Aqui
na carne no atrito na voz
rouca e grave
aqui mesmo
no tédio dos nossos hábitos
nosso sono e nosso hálito

Fazemos promessas
que não cumprimos

Guerra y Paz

As tarefas domésticas
multiplicam-se como piolhos
decido ajudar um pouco
começo estendendo a roupa recém-lavada
você
tal qual
um general
ordena
primeiro as roupas de cama
os lençóis
você acha mesmo que eu não sei que os lençóis
são as roupas que usamos na cama
onde aliás
nossas guerras
parecem blocos de carnaval

Queda livre

Os poemas
e os planetas
as almofadas
e os acrobatas
os períodos gramaticais
o sujeito oculto desta oração
os sonhos
feitos de matéria rarefeita
todos os pretextos
principalmente
aqueles que nos cegam
as promoções, as ameaças, os beijos
essa chuva
de fogos de artifícios
— sem órbita nem centro —
despencando
como
meu coração

Cinco perguntas

1. O que eu faço aqui?
   Escrevo esses poemas que ninguém lê
   sozinha na solidão da linguagem.

2. Quem sou?
   Um jogo, um texto, um relógio, um álbum de fotografias.

3. Para onde vou?
   Para casa, meu país estrangeiro.

4. Por que faço perguntas?
   Porque gosto de inventar respostas.

5. E se eu fosse diferente?
   Teria escamas e asas
   olhos de águia
   verdes de vento.

Édipo Rei

Eu esqueci o livro de poemas do Wallace Stevens no quarto do meu filho de três anos que nem gosta de poesia norte-americana (ainda) porque eu li para ele o poema das *Peras* e ele disse que prefere tangerinas ele está apenas tentando se parecer comigo é óbvio não faz mal porque eu também estou o tempo todo tentando me parecer com outra pessoa como neste texto sem vírgulas imitando Gertrude Stein porque a bem da verdade meu filho ainda não entende metáforas mas entende ameaças porque é uma criança de três anos porque eu também sou uma criança de três anos e porque é assim que a banda toca ou naquele dia assustador quando ele disse: *mamãe eu quero os seus lábios.*

No sex last night

Quando
você ainda morava
naquele apartamento
da rua Macau
nós éramos namorados
e dormíamos juntos
quase todas as noites
e fazíamos sexo
toda vez que dormíamos juntos
naquele tempo
onde
as paredes
algumas xícaras
minhas bochechas
tudo era
de outra cor

Aula de natação

A dificuldade com as simetrias
com as perspectivas
a dificuldade com
a exatidão da linha
seu começo
seu fio
sua fuga
sua perfeição
nada disso importa
nada disso é mesmo sério
sério é saber boiar
também respirar
embaixo da água
depois submergir
e aqui
neste lugar feito de poeira, tédio e ar
na linguagem
permanecer
não se afogar

Paris-Texas

A mulher estava pedindo dinheiro na estação Eldorado. Um senhor idoso resmungou alguma coisa pra ela, depois ele enfiou as mãos dentro do bolso da calça e lhe entregou poucas moedas. Quando ele foi embora, a mulher aproximou-se de mim e disse *ele queria que eu fosse na casa dele, velho safado, eu venho aqui todos os dias pedir dinheiro mas não é para beber é para pagar meu aluguel. Você* (eu) *deu dinheiro para aquela mulher mas aquela mulher mente e bebe.* Eu também minto e bebo, pensei. À noite, sozinhas, enquanto esperam os ônibus e observam as cores luminosas da roda gigante do outro lado da avenida, essas mulheres se agarram às suas bolsas como eu me agarro aos meus poemas e como se os poemas, as bolsas, os medos fossem quase a mesma coisa.

Ida e volta

Enquanto você espera o ônibus na rodoviária, observa que as cadeiras vermelhas foram substituídas por assentos cinzas de metal frio e desconfortável e que o chão, sempre tão sujo, agora é limpo, irradia o brilho instável dos pisos encerados. Você viaja sempre sozinha, carrega a si mesma (seu brilho instável) e alguns objetos pessoais — os livros e as canetas, um caderno, a garrafinha de água mineral e as pastilhas de hortelã — como se essas coisas fossem as atrações turísticas desta viagem de um dia só. Porque você acredita que até as viagens mais curtas podem revelar alguma coisa retida pelo tempo: as cadeiras vermelhas, um pai 20 anos mais novo ou o céu cor-de-rosa na estrada. No fim do dia, você volta para casa com um poema, única prova material dos acontecimentos.

Love Song

Nota-se
especialmente
em algumas noites
nenhuma urgência
a nos agitar por dentro
nenhuma palavra
usada (ou esquecida)
à exaustão
nenhuma história
mal contada
nem pias
ou pilhas de coisas
ou coisas de filho
apenas
o quarto, o silêncio
nenhum passo
em falso
meu cansaço
sobre
o seu cansaço
sem pressa
peso
sem perguntas.

Duas imagens para um casamento

Primeira

O casal queria uma centrífuga. O casal queria beber sucos naturais. O casal queria melhorar a alimentação do casal. Outros casais falavam para o casal a respeito das vantagens e benefícios de tomar sucos naturais, feitos com frutas e vegetais. Mas o casal não tinha dinheiro. O casal tem outras prioridades, precisa se manter informado sobre as promoções de barras de chocolate das Lojas Americanas. O casal descobriu que poderia acumular pontos no cartão de crédito e trocar pela centrífuga. O eletrodoméstico foi entregue no natal. A cozinha do casal é pequena. Os armários da cozinha estão todos ocupados com utensílios imprescindíveis, como copos, pratos e panelas para fazer macarrão. Durante duas semanas a centrífuga ficou esquecida em cima da pia, esperando que alguma energia *yang* a salvasse daquele explícito abandono. Depois, o casal encontrou um lugar para esconder o aparelho. Até hoje, o casal não usou a centrífuga. No café da manhã, eles preferem tomar chocolate quente ou chá com leite. À noite, o casal conversa sobre o processador de frutas. Eles se lembram das inúmeras vantagens e benefícios do eletrodoméstico, imaginam o delicioso suco de maçã que vão fazer na manhã seguinte.

Segunda

eu leio
o sol queima
de levinho
as batatas da minha perna
a máquina de lavar
bate
nossas roupas de cama
cheias de picuinhas

Manhã sem nuvens

Acidentes acontecem diariamente
nos quartos e nas cozinhas
não apenas nas vias de circulação
mas em espaços pequenos e áridos
ou naqueles fortemente irrigados
como as plantações de arroz
ou dentro das panelas onde cozinhamos feijão
mesmo os acidentes geográficos
os acidentes nucleares
até mesmo os acidentes diplomáticos
são menores
de repente
posso descobrir
numa manhã sem nuvens
no palco instável e incerto onde se assenta
seu último
beijo

Cartilha-de-cura

Eu queria que meu filho fosse mais livre
brincasse na chuva
como os indiozinhos que vi ontem à noite
naquele documentário na televisão
eu queria que a mãe do meu filho fosse mais livre
nunca desistisse de afundar navios
comesse um pouco mais d-e-v-a-g-a-r
desaprendesse a ler e a escrever
tocasse a vida
não com a cabeça ou com as palavras
escafandrista dos sentidos
obtusos, incertos, agitados
mas com as plantas dos pés
os olhos bem abertos
os dedos das mãos

Meus poemas

Quando escrevemos poemas
é preciso
primeiramente
gostar deles
assim
como
gostamos de alguns parentes
ou dos bichos de estimação
por convivência e por afeto
como gostamos dos nossos hábitos.
Eu também gosto dos poemas que todo mundo gosta
só não sei como escrevê-los
se soubesse escreveria poemas antifracassso
presos ao seu próprio *papel*
os poemas que eu escrevo não
eles não resistem a nada
às vezes
até
naufragam
encharcados de gordura e de tédio
mas eles são tão parecidos com a vida
penso
enquanto observo meus poemas

Coisa alguma e tudo 1

Esses poemas
— que leio
mas
não entendo —
anoto-os
todos
num
caderno
onde escrevo
coisas
para um filho
pequeno.

Coisa alguma e tudo 2

Penso
que na vida
adulta da criança
pode ser útil
descobrir o
tamanho
do próprio
tamanho.

Abrigo Nuclear

Um dia
eu quis
me separar

acordei
decidida
era de manhã cedo
a cidade ainda em silêncio

você
estava
na cozinha

fervia
água
para fazer
um chá

olhei para
os seus pés
descalços
sem meias
nem medo

sentei-me
ao seu lado
pedi
um beijo
tomamos
em silêncio
nosso chá.

Mulher-bomba

Minha fantasia de carnaval
agarrar você no meio do bloco
molhada de água
suja do caminhão pipa
molhada de cerveja
do copo da mulher
casada com filhos relacionamento instável
agarrada à ideia de delito
presa do desejo
da fome, da caça.

Inútil indispensável

Descemos a serra
deixamos lá em cima
o passado
dois galhos secos e retorcidos
a xícara de chocolate muito quente e muito doce
a instabilidade o óbvio seu voo irritado em direção ao meu braço
metade deste poema não cabe na fotografia

Estudos para um acidente

Dentro das cobertas
do lado esquerdo da cama
quase encostado na parede
fria e branca
do nosso quarto de dormir
você escuta música com os fones de ouvidos
que nunca me empresta
porque você acredita
que eu estrago suas coisas
mas você se esquece
enquanto ouve
esses compositores desconhecidos
(e) obscuros
que quem quebra as xícaras
desta casa
é você

Eu sou

o céu
bagunçado
ou melhor
eu sou a mata
molhada de chuva
ou melhor
eu sou a chuva
que de repente
sem aviso ou medo
cai

Meu vulcão

Este é um poema
sobre Krakatoa
minha vizinha
travesti.
Krakatoa fala de si
na terceira pessoa
assim como
o Pelé.
Eu subo
o beco
um atalho que me leva às ruas comerciais do bairro
e encontro Krakatoa
sentada na calçada de casa.
Amiga, Krakatoa
tá precisando de dinheiro
pra comprar um cigarro picado ajuda, amiga!
É claro!
Se pudesse
se não tivesse que equilibrar
uma criança de 15 quilos
num braço
uma bolsa
com tomates, cenouras e 400 gramas de patinho moído

no outro braço
eu mesma voltava
na padaria
para comprar um maço de cigarros pra você, Krakatoa.
Amiga, Krakatoa
acha seu filho
tão bonito!
Ah! Krakatoa,
assim você toma de assalto
meu coração.
Você não sabe
meu nome.
Eu também não sei
seu nome
só conheço este nome de vulcão
violência da terra que você tem
quem te deu esse nome?
Eu queria ser
sua amiga
amiga da corajosa-do-rolê
da boca do beco
do lado da minha casa.
Você sabia
que eu também já fui a corajosa-do-rolê
em outra encarnação?
porque depois
que meu filho nasceu
tenho vertigens
muito medo de altura

quando atravesso a passarela
do metrô.
Meus medos
meu filho
minhas amigas
meu marido
meus livros
meus namorados.
Minha arrogância, Krakatoa.
Sorte sua
não ser
minha amiga,
amiga.

Sem Título

1.

Quando
entrei
em trabalho
de parto
sabia
que estava
em trabalho
de parto.

Os sinais
eram
nítidos
como são
nítidas
certas
manchas.

Telefonei
para L.
cancelei
nosso
encontro
depois

fui até minha
mesa de trabalho
peguei uma
caneta preta
e escrevi
no meu pulso
esquerdo
a palavra
coragem.

2.

Toda vez
que eu penso
que um dia
você vai embora
toda vez
que eu penso
que um dia
eu vou embora
toda vez
que eu penso
que em breve
esta casa
não existirá mais

que outro corpo
vai se deitar ao
lado do seu corpo
que outro corpo
vai se deitar ao
lado do meu corpo

que nossos corpos
nunca mais

vão se encontrar
à noite
na mesma
cama
eu penso

ir até minha mesa de trabalho

pegar uma
caneta preta
escrever
no meu pulso
esquerdo
a palavra
coragem
mas fico aqui
inerte sozinha uma mancha
lambendo
como um cão
nossas feridas

Como você

Para Taís Bravo

Exatamente como você
eu também já tive vinte e cinco anos
inclusive tentamos
você e eu
entender essa palavra de letrinhas enfileiradas
a coisa em si
exatamente
como você
que não sabe
assoviar
nem dirigir
nem cozinhar biscoitos de canela
mas
sempre podemos
aqui e lá
trapacear

Ikebana

Para Simone Brantes

quase todas as noites
antes de dormir
prometo que na manhã seguinte
ao me levantar
colocarei
sobre a mesa
não apenas as xícaras
mas tudo aquilo
que ficou por dizer
(as coisas difíceis, as coisas bonitas)
e meu cansaço infinito
de repente se dissolverá
serei equilibrada
como certos
arranjos de flores
audaciosa
como as salamandras
esses bichos
que mesmo
                    quando se arrastam
nunca fogem do fogo

Fora de campo

Fui nadar
com meu maiô de natação
naquele condomínio
de luxo
em frente ao lago
Paranoá.

[virilhas & axilas devidamente não depiladas]

Pulei na piscina
ninguém notou
nem a criança
nem a babá
as garras afiadas
o pelo
arrepiado
minha cara
de bicho
de estimação.

Final possível

O gato comeu a língua do homem. A mulher subiu no telhado. O gato comeu a língua da mulher. O homem subiu no telhado. Depois que o gato comeu a língua do homem, a mulher comeu o pão que o diabo amassou. Depois que a mulher subiu no telhado, o homem comeu o pão que o diabo amassou. O homem engoliu o pão que o diabo amassou. A mulher não, a mulher cuspiu o pão que o diabo amassou e foi feliz um pouquinho.

Com Alejandra Pizarnik, Ana Cristina César, Ana Martins Marques, Elizabeth Bishop, Ingmar Bergman, Gilles Deleuze, Paulo Leminski, Wislawa Szymborska, Sophie Calle, Jim Jarmusch, Letrux, Ceumar, Nina Simone, Elza Soares, Paula Gontijo, Adriana Galuppo, Débora Braun, Rita Lee, Suely Rolnik, Luedji Luna, Glória Anzaldúa, Helène Cixous, Virgínia Woolf, Pedro Kalil, Joaquim Pessoa, Marina Apolinário, Eliza Caetano, Carina Gonçalves, Lenise Regina, Taís Bravo, Simone Brantes, Laura Cohen.

■ primeira edição
■ agosto de 2019